# COMPLAINTE
## DES FILLES

*Auxquelles on vient d'interdire l'entrée
des Thuilleries, à la brune.*

# COMPLAINTE
## DES FILLES

*Auxquelles on vient d'interdire l'entrée*
*des Thuilleries, à la brune.*

DE la plus sensible douleur
Nous avons l'ame pénétrée,
Une cabale conjurée
Pour mortifier notre honneur
Nous a, contre vent & marée,
Après deux siécles de bonheur,
Fait enfin défendre l'entrée
De ce promenoir enchanteur
Où nous avions le privilége
De convoquer soir & matin
L'Amour, & le riant cortége

A ij

Des Jeux qu'il conduit par la main :
Ce font tes tours, cruelle Envie,
Tu répands par-tout ton venin ;
Tu te montres du genre-humain
La plus implacable ennemie ;
Et fur le Sexe féminin
Tu repais fur-tout ta furie.
A la Ville comme à la Cour
L'on voit des foupçons, des allarmes,
Et l'on fait la guerre à l'Amour
En rendant hommage à fes charmes.

    François, que vous êtes cruels !
Si ce Dieu dans quelques retraites
Voit fumer l'encens des mortels,
Bien-tôt des langues indifcretes
Frondent fon Trône & fes Autels.
Du favorable & doux myftère
On leve hardiment le manteau ;
Sans favoir tout voir & fe taire,
L'on veut arracher le bandeau
Qui couvre l'Enfant de Cythere ;
Et pour éteindre fon flambeau

( 5 )

En le prenant dès le berceau,
L'on blâme avec un ton sévère
Ce que soi-même on voudroit faire.
Non, il n'est plus de charité,
Tout est l'objet d'une critique,
Quoiqu'à l'utilité publique
On se consacre avec bonté
Par goût ou par nécessité ;
Il faut toujours que le cynique
Prêche & fronde avec âcreté.
Depuis qu'on fait un édifice
Dans un Palais jadis fameux,
Par le concours des Amoureux,
Nous n'avions plus qu'un bel hospice,
Où tous les Amours ténébreux
Avoient encor le bénéfice
De donner l'essor à leurs feux.
Dans un réduit tranquille & sombre,
Loin du commerce des humains,
Le bienfaisant Dieu des Jardins
Nous favorisoit de son ombre
Sans scandaliser les voisins.

A iij

Le doux myſtère & la verdure
Déroboient aux yeux nos attraits ;
Et nous y diſſertions en paix
Sur les effets de la nature.
Quelquefois ſur un verd gazon
On ſe livroit à la ſaillie ;
Le plaiſir dictoit la leçon,
Et quelques inſtans de folie
Valoient un ſiécle de raiſon,
Quand la pratique étoit polie,
Et qu'on rioit à frais communs.
D'autres fois l'on faiſoit ſa pauſe
Sur un banc loin des importuns,
Et la fleur fraîchement écloſe
Nous embaumoit de ſes parfums.
Dans le ſecret & le ſilence
Nous prenions l'air ſous les berceaux,
Où nous n'avions que les oiſeaux
Pour témoins de notre alliance,
Et bien ſouvent notre préſence
Y prévenoit de plus grands maux.
    Pour goûter nos plaiſirs champêtres,

Un gros Financier, un Robin,
Un Écolier, un vieux Bouquin,
Et quelquefois de petits-Maîtres,
Venoient encenser nos appas :
D'autres, guidés par l'habitude,
En se cachant, à petits pas
Venoient à notre solitude
Dans une modeste attitude
Pour nous complimenter tout bas ;
Et nous donner la certitude
Qu'Amour ne les tourmentoit pas.
Nous jouissions d'un sort tranquille ;
Et voilà qu'un esprit malin
Vient nous chasser de notre asyle,
Et qu'un Réglement inhumain,
Dont retentit toute la Ville,
Nous ôte notre gagne-pain,
Sans égard pour l'Homme fragile.
Qui sent l'aiguillon clandestin
D'un tempérament indocile,
Et qui du Sexe féminin,
Pour avoir un sommeil benin,

A iv

Invoque la reſſource utile.
Faudra-t-il donc ſur les remparts
Gagner triſtement notre vie?
Braver les vents ou les brouillards,
Les odeurs, la crotte & la pluie,
Pour amadouer des ſoudars,
Qui ne nous payent qu'en liards,
Et qui pour un rien en furie
Lancent des coups & des brocards
Suivis de groſſe maladie?

  Nous avons un Roi bienfaiſant,
Qui veut que tous ſes Sujets vivent
Du fruit de leur petit talent,
Pourvû qu'exactement ils ſuivent
Un régime ſimple & décent.
Or, c'eſt nous faire trop d'injures,
Que de nous bannir d'un Jardin
Où l'on admet ſoir & matin
Les plus abjectes créatures,
Des poliſſons & des vauriens,
Sans compter les chats & les chiens
Qui vont y faire leurs ordures.

Nous ne choquons point le coup-d'œil ;
L'Opéra fini, l'on abonde,
Et nous n'avons jamais l'orgueil
De nous fourrer dans le beau monde.
  Que l'on expulſe des Palais
Les Vendeurs de colifichets,
Ou les Marchands de contrebande,
Le peuple ne criera jamais ;
L'intérêt public le demande :
Mais nous qui faiſons un métier
Favorable aux deſirs de l'homme,
Devroit-on nous ſacrifier ?
Il faudroit du moins, comme à Rome,
Nous aſſigner quelque quartier,
Où pour une modique ſomme,
On nous permît de travailler,
D'étaler & de détailler.
  Faut-il donc avoir équipage
Et loger au premier étage ?
Faut-il avoir des diamans,
De grands laquais, & le viſage
Couvert de rouge juſqu'aux dents

Pour jouir du bel avantage
De dévalifer les Galants,
Sans éprouver aucun orage?
L'Amour aime les pauvres gens,
A la Ville comme au Village.
Il faut donc qu'on trouve à Paris
De la marchandife à tout prix ;
De tous les tems c'eft un ufage
Parmi nous comme en tout pays ;
Et l'Etranger doit rendre hommage
Aux droits que nous avons prefcrits
Contre les loix du Mariage,
Dont nons ne traçons qu'une image.
Si ceux qui fe fentent épris
D'un fumet de libertinage
Par nous rifquent d'être punis,
Ce n'eft pas un fi grand dommage ;
C'eft leur faute, s'ils y font pris.

   Jadis dans le jardin d'un Prince
Les chiens de Ville & de Province
Avoient de fréquens rendez-vous :
Ils commettoient des indécences;

Mais de féveres ordonnances
Les exilerent bientôt tous.
Le fouet en main, un grand Suiffe
Leur faifoit faire l'exercice,
Crioit, les affommoit de coups,
Et leur faifoit honte du vice.
Devons-nous craindre que fur nous
On exerce ainfi la juftice ?
Le Gouvernement eft trop doux
Pour nous traiter comme une Lice ;
Et quand il veut qu'on nous puniffe,
A l'Hôpital, fous les verroux ;
Par Ordonnance de Police,
On nous fait porter un cilice
Pour gagner la gale & des poux :
C'eft bien affez pour nos cinq fols.
Il faut un peu qu'on nous pardonne
C'eft par fois la fragilité ;
Et plus fouvent la pauvreté,
Qui pour fubfifter, nous ordonne
De barbouiller la chafteté.
L'on cede au befoin qui commande,

Quannd on eſt preſſé par la faim,
Et quand nous marchons au ſerein,
C'eſt moins pour avoir de la *viande*
Que ce n'eſt pour avoir du pain.
Notre corps, notre houpelande
Compoſe notre Saint-Creſpin :
Il faut bien en faire une offrande,
Dès que d'ailleurs on n'a plus rien,
Puiſqu'aux termes de la légende,
Se laiſſer mourir n'eſt pas bien,
Pour peu qu'on ait le cœur chrétien.
A midi l'on mange la ſoupe,
Le ſoir il faut encor ſouper,
Et nous avons beau galopper,
La diſette eſt toujours en croupe
Sans autre moyen d'échapper.
Il faut du bois, de la chandelle,
L'on veut acquitter ſon loyer,
Ou, faute de pouvoir payer,
On met nos meubles en canelle.
Plus, pour la Capitation
On nous met encore en dépenſe ;

Mais de cette impofition
L'on devroit nous donner quittance ;
Tout le monde fçait en effet
Que c'eft par tête qu'on la met,
Et ce n'eft pas cette *partie*
Qui nous fait gagner notre vie ;
Mais pour nous on change l'objet :
Ainfi, malgré notre induftrie,
Il ne nous refte rien de net.
Le Réglement qui nous pourchaffe,
Nous chagrine & nous embarraffe ;
Nous n'avions plus qu'un feul réduit
Où nous trouvions quelque profit,
Et le Gouverneur nous en chaffe.
Comment faire ? le pain eft cher ;
Faudra-t-il donc en pet-en-l'air
Aller racrocher dans les rues,
Ou nous montrer à demi-nues,
Même dans le fort de l'hyver ?
Non ; car on y verra trop clair ;
Nous ferions bientôt reconnues ;
Le Guet eft un rude ennemi ,

La Police qui nous tourmente
A rendu la Ville éclatante
Dans la nuit comme en plein midi,
Et les filoux en ont gémi.
Sur nous dès la premiere affaire
On aura bien-tôt mis la main,
Et l'intraitable Commiſſaire
Nous fera mettre à Saint-Martin,
Où l'on couche avec le chagrin,
Le déſeſpoir & la miſere.
Ainſi, plaignez notre deſtin,
Citoyens, dont le caractere
A la bienfaiſance eſt enclin.
Si l'on doit aſſiſter ſon frere,
L'on doit aider auſſi ſes ſœurs :
Procurez-nous quelques douceurs;
L'on priera pour vous à Cythère,
Et l'Amour ſuppliera ſa Mere
De vous accorder des faveurs.
Mais nos vœux ſeront inutiles,
Le Public fut toujours ingrat,
Et par des propos inciviles,

Il aggravera notre état ;
Sans pitié, sans reconnoissance,
Il badine des maux d'autrui :
Sa vive humeur, son inconstance,
Le font plaisanter sur la France
Comme il feroit sur l'ennemi ;
Et pour dissiper son ennui,
Il se raille avec complaisance
De ceux qui travaillent pour lui ;
Dès qu'il les voit dans l'indigence.